24 mars 1860.

Exemplaire de Beurdeley père.

CATALOGUE

DE

TABLEAUX

DES

ÉCOLES FLAMANDE & HOLLANDAISE,

APPARTENANT A M. FAVART, A PARIS.

CONDITIONS DE LA VENTE.

Elle sera faite au comptant.

Les acquéreurs payeront, en sus des adjudications, cinq pour cent applicable aux frais.

La hauteur (H.) et la largeur (L.) sont indiquées, à la suite de la description de chaque Tableau, en mètres et en centimètres.

Bruxelles. — Imp. de E. GUYOT, rue de Pachéco, 12.

CATALOGUE

DE

TABLEAUX

DES ÉCOLES FLAMANDE ET HOLLANDAISE

appartenant à M. FAVART,

et dont la vente aux enchères publiques, par cessation de commerce, aura lieu

A PARIS,

HOTEL DES COMMISSAIRES-PRISEURS, RUE DROUOT, N° 5,

SALLE N° 7,

le Samedi 24 Mars 1860, à trois heures précises,

PAR LE MINISTÈRE DE Mᵉ Eugène, ESCRIBE, COMMISSAIRE-PRISEUR,

successeur de MM. RIDEL et POUCHET, rue St-Honoré, 247,

ASSISTÉ DE M. Ferdinand, LANEUVILLE,

PEINTRE-EXPERT, RUE NEUVE-DES-MATHURINS, 73,

et de M. ÉTIENNE LE ROY, expert,

chez lesquels se distribue le présent catalogue.

EXPOSITION PARTICULIÈRE

le Jeudi 22 Mars 1860, de midi à cinq heures.

EXPOSITION PUBLIQUE

le Vendredi 23 Mars 1860, de midi à cinq heures.

PARIS	BRUXELLES
RUE SAINT-HONORÉ, 217	PLACE DU GRAND SABLON, 12

1860

CE CATALOGUE SE DISTRIBUE :

A PARIS,	chez MM.	Eugène Escribe, Commissaire-Priseur, rue St-Honoré, 217.
»	»	Étienne Le Roy, Hôtel Rastadt, rue Neuve-St-Augustin, 44.
»	»	Ferdinand Laneuville, Peintre Expert, rue Neuve-des-Mathurins, 73.
»	»	Tenoé fils, rue Thévenot, 24.
»	»	Favart, place de la Bourse, 6.
A LILLE,	»	Tenoé père, Marchand de Tableaux.
A MONTPELLIER,	»	Baron Ramadié Doubernard, Commissionnaire en librairie.
A LYON,	»	Hoëth, Marchand d'Estampes, rue Romarin, 9.
A MARSEILLE,	»	Priston, Marchand d'Estampes, Place Nouvelle Bourse, 2.
A ROUEN,	»	Billard, Marchand de Curiosités.
A BRUXELLES,	»	Étienne Le Roy, place du Grand Sablon, 12.
A ANVERS,	»	Tessaro, Marchand d'Estampes.
A LIÉGE.	»	Van Marcke, Marchand d'Estampes, rue de l'Université.
A BRUGES,	»	Bogaerts, Imprimeur-Libraire, rue Philipstok.
A GAND,	»	Duquesne, Libraire, rue des Champs, 81.
A LONDRES,	»	Farrer, New-Bond-Street, 106.
»	»	Colnaghi, Marchand d'Estampes, Pall Mall East, 14.
A AMSTERDAM,	»	Roos, in het Huis der Hoofden.
A LA HAYE,	»	Enthoven, Marchand d'Antiquités.
»	»	Van Gogh, Marchand d'Estampes.
A ROTTERDAM,	»	A. Lamme, Artiste Peintre, Hoogstraat.
A COLOGNE,	»	Héberlé, Marchand d'Antiquités.
A BONN,	»	Van der Kolk et Weber, Marchands d'Estampes.
A MUNICH,	»	J. Uberdorfer, libraire-antiquaire, Place de la Promenade, 1.
A VIENNE,	»	Artaria et Compagnie.
A DRESDE,	»	Arnold, Marchand d'Estampes.
A BERLIN,	»	Lepke, N.-L., unter der Linden.
A LEIPZIG,	»	Brockhaus et Compagnie.
A FRANCFORT,	»	Jugell, Libraire.
A HAMBOURG,	»	Commeter, Marchand d'Estampes.
A MANNHEIM,	»	Artaria et Fontaine.
A St-PÉTERSBOURG,	»	Von Begmorter.
A ROME,	»	Durantini, Peintre.
A FLORENCE,	»	Riccieri.
A GÊNES,	»	Isola, Peintre.
A MILAN,	»	Vallardi.
A TURIN,	»	Bucheron, Peintre.
A VENISE,	»	Sanquirico.
A GENÈVE,	»	Managa frères, Marchands d'Objets d'Art.
A BERNE,	»	Burgdorfer, Marchand d'Estampes.
A BALE,	»	Schruber et Walz, Marchands d'Objets d'Art.

AVANT-PROPOS.

Les tableaux que M. Favart met en vente aux enchères publiques, par suite de sa résolution de se retirer des affaires, n'ont pas besoin de longs développements et de minutieuses explications pour être signalés à l'attention des connaisseurs.

Ces tableaux appartiennent aux écoles flamande et hollandaise, dont les peintres sont si généralement appréciés. Aussi notre catalogue se renferme dans une description rapide de chaque toile de manière à indiquer le sujet tout en faisant pressentir la manière dont il est traité.

Chaque connaisseur pourra d'ailleurs par lui-même, à l'aide des notions techniques développées par l'étude et la réflexion, commenter cette description rapide, et juger le mérite intrinsèque de l'œuvre.

Aujourd'hui, avec les ventes nombreuses qui se succèdent à Paris, et à la suite des fréquentes expositions qui reviennent à date fixe, il s'est formé tout un cercle, sans cesse agrandi, de personnes vraiment éclairées qui se prononcent, en connaissance de cause, sur la valeur réelle d'un tableau, sur son authenticité et sur les phases diverses par lesquelles il a passé avant de figurer à la salle de vente des commissaires-priseurs.

La mission de l'expert, qui rédige un catalogue de tableaux, se trouve donc simplifiée, tout en ayant pour contrôle la voix de l'opinion publique qui juge en dernier ressort : car il ne s'agit pas de mode ou de caprice sujets à des réactions comme tous les engouements. Au fond, la question d'argent se subordonne à la question d'art. C'est ce que démontrera une fois de plus la vente prochaine des tableaux de M. Favart, décrits dans ce catalogue.

CATALOGUE.

ÉCOLES FLAMANDE & HOLLANDAISE.

---

1.   BACKHUYSEN (Ludolf).

VUE D'UN PORT DE MER EN ITALIE.

A gauche, auprès d'un monument en ruines, on voit un hangar établi par des marchands et des Bohémiens occupés d'apprêts de cuisine. Au centre, un cavalier s'arrête pour remettre un beau coq à une jeune femme ; et, près de ce groupe, se dirige vers le spectateur un nègre tenant un chien en laisse.

Au fond, le quai se trouve animé par de nombreux ouvriers transportant et chargeant à bord des marchandises. Un cavalier, qu'entourent plusieurs personnages, semble donner des ordres. Enfin, la mer, qui se prolonge à l'horizon, est sillonnée par différents navires qui se dirigent vers le port, en achevant de vivifier cette riche composition.

H. 78 cent. 1/2. L. 1 m. 07 cent. Toile.

2. BERCHEM (Nicolas).

SITE D'ITALIE.

L'artiste hollandais, qui a si bien compris la nature méridionale, nous représente ici un paysage accidenté; et, du milieu d'une chaîne de rochers, s'élèvent des arbres de haute futaie. Au premier plan, se trouve un pâtre appuyé sur son bâton ; il garde son troupeau composé de deux vaches et de plusieurs moutons.

Une de ces vaches, à la robe brune, boit à une mare; l'autre est en marche. Au fond, s'avance un muletier, conduisant une mule.

Des montagnes terminent l'horizon ; et le ciel est à demi voilé par de légers nuages.

H. 39 cent. L. 55 cent. 1/2. Bois.

5. LE MÈME.

LE PASSAGE DU GUÉ.

Dans un site montueux, présentant une espèce de défilé, un berger et un pâtre, ce dernier monté sur un cheval blanc, s'apprêtent, avec leur troupeau, à passer au gué une petite rivière, qu'a déjà franchie un bouc, tandis qu'un chien précède deux belles vaches, l'une brune, l'autre noire.

Remarquable par la puissance du coloris et la hardiesse avec laquelle il est traité.

H. 59 cent. 1/2. L. 54 cent. Bois.

Ce tableau a fait partie de la *collection de* M. le comte de STRAVANHOFFE.

4.   **BERCHEM** (Nicolas).

PAN ET SYRINX.

Ce sujet mythologique a très-bien inspiré le pinceau de Berchem, représentant Syrinx, la nymphe d'Arcadie, changée en roseau dans le moment où elle est sur le point d'être atteinte par l'ardente poursuite du dieu Pan.

Les dix-sept figures qui animent cette composition, ainsi que l'ensemble et les détails du paysage, appartiennent au plus beau faire de Berchem.

H. 96 cent. L. 90 cent. Toile.

Collection BARANOWSKY, Vienne, 1855.

---

5.   **CANALETTI** (ATTRIBUÉ A ANTONIO).

VUE DE VENISE.

On sait que ce peintre a reproduit de préférence les monuments, les canaux et les ponts de sa ville natale, Venise, dont il a si bien popularisé la physionomie locale et les différents aspects. Dans le tableau qui nous occupe, Canaletti s'est placé du côté de la Douane. On aperçoit une église dans le fond; plus près, sur le canal, se trouvent des gondoles; et sur les quais où sont établies des échoppes de marchands, circulent de nombreux personnages.

H. 83 cent. L. 1 m. 14 cent. Toile.

---

6. **CUYP** (ALBERT).

SITE CHAMPÊTRE AVEC ANIMAUX.

Dans un paysage, où s'élève à droite une montagne, se trouve un pâtre gardant son troupeau, composé de trois vaches ; une d'elles est blanche et couchée auprès de quelques plantes dont la végétation luxuriante tranche avec la robe de cet animal ; deux autres vaches sont debout ; à gauche, sont groupés plusieurs moutons, dont la riche toison est traitée avec finesse.

Une rivière traverse ce site champêtre, fermé à l'horizon par une barrière de montagnes, et éclairé par un beau ciel parsemé de nuages du plus heureux effet.

H. 46 cent. L. 55 cent. Bois.

---

7. **FYT** (JEAN).

NATURE MORTE.

Ce n'est point dans l'intérieur d'une habitation, dans une cuisine ou un office, mais en plein air, à la campagne, que Jean Fyt a traité un de ces sujets de *nature morte* où se déployaient la légèreté de son pinceau et la magie de son talent de coloriste.

Auprès d'un chardon, se trouvent déposés sur le sol un lièvre et une perdrix, tandis qu'on voit au second plan différents oiseaux enfilés à une broche.

A gauche, il y a un pivert, un autre oiseau mort ; et un chapelet de grives pend à une branche d'arbre. Toutes ces pièces de gibier sont gardée par la vigilance d'un chien de chasse qui stationne à droite, et met en action l'inscription latine : *cave canem*, prend garde au chien.

H. 70 cent. L. 87 cent. Cuivre.

8. HACKAERT (Jean) et VELDE (Adrien Van de).

PAYSAGE. EFFET DE SOLEIL.

Un paysan, avec une mule et un chien, suit une route qui se prolonge au bord d'une rivière. Un peu plus loin, dans la partie qu'éclaire le soleil, un homme appuyé sur un bâton cause avec un mendiant assis sur l'herbe.

De chaque côté du chemin, dont la berge est garnie de broussailles et de plantes aquatiques, s'élèvent de grands arbres au feuillage varié, annonçant différentes essences. Un buisson touffu se détache au-dessus de l'autre rive, auprès d'une prairie qui déploie son tapis de verdure jusqu'au pied des montagnes qui cernent l'horizon.

Dans les eaux transparentes de la rivière, où s'ébattent de beaux cygnes, viennent se refléter deux arbres près desquels se trouve un pêcheur; enfin, à côté d'une cabane, au pied des montagnes, brille un feu allumé par des bergers.

H. 81 cent. L. 1 m. 04 cent.

Vente de MM. Cousin père et fils, Paris, 1856.

---

9. HOBBEMA (Meindert).

INTÉRIEUR D'UNE FORÊT.

Au premier plan, se déploie un étang. Des chasseurs poursuivent un cerf lancé à toute vitesse. A droite, parmi un groupe d'arbres de haute futaie, le regard s'arrête sur un vieux chêne en partie dépouillé de son feuillage, mais qui étend au loin ses rameaux majestueux. Les rayons du soleil, qui éclairent d'une vive lueur le fond de la forêt, produisent une illusion saisissante. Deux cavaliers galopent sur le chemin qui conduit à la forêt.

H. 51 cent. L. 84 cent. Bois.

Collection Samuel grafen Von Festetits, Vienne, 1859.

Ce tableau a toujours été considéré comme une des premières productions du maître; mais nous nous en rapportons à la décision des connaisseurs, qui se prononceront par eux-mêmes.

---

10.   HUGTENBURG (JEAN VAN).

LES APPRÊTS POUR LA PROMENADE.

C'est un épisode de la vie des camps, au dix-septième siècle, que le peintre a représenté. Les costumes appartiennent, en effet, à la mode du temps de Louis XIV, nous y retrouvons le caractère des campagnes du grand roi où la cour se mêlait au tumulte de la guerre.

Devant des tentes dressées entre de grands arbres, on voit deux dames à cheval, l'une habillée de noir, l'autre en toilette de cérémonie. Un officier à demi enveloppé dans un manteau rouge se dispose à monter sur son cheval qui se cabre, malgré les efforts d'un palefrenier, ne le contenant qu'avec peine.

A droite, quelques soldats couchés à terre autour d'un grand feu préparent leur repas. Dans le lointain, on aperçoit une rive du Rhin hérissée de fortifications. Cette composition est à la fois une des meilleures et des mieux traitées que nous ayons de ce maître.

H. 59 cent. L. 71 cent. Toile.

Collection DE KONING, Gand, 1856.

---

11.   LE MÊME.

ATTAQUE D'UN CONVOI.

Tableau rempli de mouvement et d'animation.

A gauche, des cavaliers combattent à l'arme blanche et au

pistolet ; l'action est surtout acharnée au premier plan. Çà et là gisent sur le sol des hommes et des chevaux, victimes des luttes de la guerre.

Avec ces scènes sanglantes, contraste le caractère du paysage, embelli par des massifs d'arbres et que des collines bornent à l'horizon.

H. 74 cent. 1/2. L. 89 cent. Toile.
Ce tableau provient de la vente du docteur Rossi.

---

12.   JARDIN (Karel du).

PAYSAGE ITALIEN.

Au premier plan, se trouve un cheval blanc près duquel on voit un mouton. Deux hommes assis au pied d'un saule causent avec une jeune femme debout. Un âne est couché auprès de ce groupe.

Des fabriques, entourées de bouquets d'arbres, forment le fond de cette composition, sur laquelle un ciel nuageux répand une lumière douce et harmonieuse. A l'extrémité des plaines s'élèvent des montagnes qui ferment l'horizon.

H. 53 cent. L. 45 cent. Toile.

---

13.   MIGNON (Abraham).

FRUITS, OISEAUX, INSECTES.

Sur une tablette de marbre, l'artiste a groupé des pêches, des prunes et un melon surmonté de deux belles grappes de raisin noir et blanc. Un panier d'osier contient des poires, des figues, des brugnons, au-dessus desquels on voit deux prunes encore attachées aux branches de l'arbre qui les porta.

A droite, au sommet d'un mûrier, garni de ses fruits, un chardonneret a établi son nid, dont un mulot veut s'emparer ; le chardonneret vole à tire-d'aile au secours de sa jeune famille.

Le premier plan est orné de plantes auprès desquelles on voit une gourde. Sur une pierre rampe un lézard ; et plusieurs insectes rendus de manière à faire illusion complètent cette œuvre charmante, qui porte ce cachet de précision et ce fini de détails, attributs distinctifs du talent d'Abraham Mignon.

H. 94 cent. L. 76 cent. 1/2. Toile.

Collection BARANOWSKY, Vienne, 1855.

14. NEER (AART VAN DER).

PAYSAGE, VUE PRISE EN HOLLANDE.

A gauche, se trouve un village dont les habitations sont éclairées par la lumière argentée de la lune qui perce à travers le feuillage de quelques arbres comme à travers un réseau.

Un troupeau de bétail au repos s'associe, par son attitude, au caractère de cette scène nocturne.

Auprès de marais qui sillonnent le terrain, une vache noire stationne, debout ; et sur un canal, qui reflète, comme dans un miroir, les pâles rayons de la lune, voguent des barques de pêcheurs ; enfin, au fond, sur la gauche, s'élève la tour d'une église.

Les vapeurs atmosphériques, dont le ciel est à demi voilé, ajoutent à la vérité de l'effet si heureusement obtenu par le peintre.

H. 47 cent. L. 63 cent. Bois.

15. **OSTADE** (Adrien van).

INTÉRIEUR HOLLANDAIS.

Quatre buveurs et une femme sont assis auprès d'un table, dressée dans l'intérieur d'une grange. Un d'eux, appuyé contre un tonneau et les jambes croisées, fume tranquillement ; un autre vêtu d'un casaquin rouge à manches feuille-morte se prélasse sur un banc ; tandis que son voisin vide à longs traits le contenu d'une canette. Près de la cheminée, on voit deux villageois, l'un debout, le second assis, et se disposant à allumer sa pipe avec un tison qu'il a retiré du foyer. A gauche, un homme monte sur une échelle qui conduit au grenier. D'autres figures et quelques accessoires complètent cette charmante composition traitée avec une finesse exquise.

H. 31 cent. L. 43 cent. Bois.

---

16. **RUISDAEL** (Jacques).

PAYSAGE, SITE PRIS EN NORWÉGE.

Un sapin et quelques arbustes occupent la droite du tableau, et sur le chemin s'avance un cavalier suivi d'un domestique. On aperçoit d'autres personnages dans le lointain.

Comme contraste, l'artiste a peint entre des rochers un torrent qui se précipite en entraînant un arbre qu'il a déraciné ; puis ses eaux bouillonnantes s'étalent sur le premier plan. Plusieurs plantes recouvrent les débris de rochers ; et, au sommet d'une montagne, qui s'élève entre une chaîne de collines, se dresse la tour d'une ville. Le ciel chargé de nuées annonce l'approche d'un orage.

Sur le rocher, à gauche, se trouvent inscrites les initiales du prénom et du nom de Ruisdael.

H. 1 mètre L. 1 m. 23 cent. Toile.

---

17. SCHENDEL (BERNARD).

KERMESSE DE VILLAGE.

Un grand nombre de personnages sont réunis sur la place d'un village ; un petit savoyard faisant danser un chien attire l'attention de plusieurs spectateurs, tandis qu'à gauche, la boisson et divers jeux varient cette scène de kermesse d'une composition aussi riche qu'animée.

H. 58 cent. L. 50 cent. 1/2. Toile.

---

18. LE MÊME.

LA LANTERNE MAGIQUE.

Dans l'intérieur d'une chambre, un homme montre la lanterne magique à des enfants, charmés de ce spectacle. Un jeune garçon, qui bat du tambour, fait la quête parmi l'assemblée, et reçoit une pièce de monnaie d'une jeune femme assise au premier plan.

Cette composition est vivifiée par de nombreuses figures groupées de la manière la plus pittoresque.

H. 58 cent. L. 50 cent. 1/2. Toile.

Ce maître est un des meilleurs imitateurs de Brackenburg, de sorte que l'on confond souvent leurs œuvres respectives.

19. STEEN (Jean).

LA FAUSSE MALADE.

Le docteur, dont l'embonpoint et la mine ne dénotent point un savant qui a pâli et maigri sur les livres, se dispose à administrer à la malade un lavement. Une vieille femme présente la seringue à l'égrillard médecin.

Cette scène provoque l'hilarité de trois personnes qui se trouvent au fond de la chambre.

Une table couverte d'un tapis, divers accessoires et un chien achèvent de mettre en relief le cachet spécial des compositions de Jean Steen.

H. 49 cent. L. 39 cent. Toile.

Ce tableau a fait partie des *collections* de MM. GRENIER, à Middlebourg; CAPRON et JOHN NIEUWENHUYS, à Londres.

———

20. TENIERS (DAVID, LE FILS).

LE CHIRURGIEN DE CAMPAGNE.

Un villageois, assis sur une chaise de paille, présente son pied nu à un chirurgien agenouillé et tenant à la main l'instrument avec lequel il va sonder la plaie.

Derrière le chirurgien, son élève fait chauffer l'onguent qui doit être appliqué sur la partie malade.

La femme du patient, debout, trahit son émotion par les regards compatissants qu'elle attache sur son mari qui, lui aussi, manifeste ses appréhensions en croisant ses mains autour de sa jambe, comme pour comprimer la douleur.

Au fond, à droite, un autre villageois ouvre une large bouche afin de faciliter l'exploration à laquelle se livre un dentiste, dont l'aide prépare des médicaments à l'aide d'un fourneau portatif, reposant sur une table, surmontée d'une draperie verte.

Une petite fenêtre à vitraux, ouverte à droite, laisse apercevoir un coin du ciel et une partie du paysage.

Du cabinet de feu madame la comtesse VILAIN XIIII.

H. 26 cent. L. 37 cent. Bois.

---

21.   TENIERS (DAVID, LE FILS).

PAYSAGE, VUE PRISE EN FLANDRE.

Au premier plan, à droite, se trouvent quatre personnages, qui débattent le prix de quelques moutons que l'un d'eux désigne du doigt. Un cinquième individu a le dos tourné. D'autres figures et des animaux jettent encore de la variété dans cette charmante composition éclairée par les rayons mourants du soleil à son déclin, et dans laquelle on aperçoit le clocher d'une église entre des bouquets d'arbres, enfin, dans le fond, un moulin à vent.

H. 27 cent. L. 38 cent. Bois.

Ancienne collection du comte de STRAVANHOFFE.

---

22.   WERFF (ADRIEN, VAN DER).

PORTRAIT DU MÉDECIN FUCKER.

Le peintre a représenté son modèle dans son cabinet d'étude, s'appuyant à la base d'une colonne sur laquelle est jeté un riche tapis de Smyrne. Un chien épagneul est assis sur un tabouret que recouvre un velours vert.

On aperçoit l'entrée d'un parc, et sur la balustrade repose une statue représentant l'Amour.

Derrière, à droite, un rideau est relevé.

H. 36 cent. L. 30 cent. 1/2. Cuivre.

---

23. WOUWERMAN (Philippe).

CHASSE AU CERF.

De nombreux chasseurs, les uns à pied, les autres à cheval, poursuivent un cerf et sa biche arrêtés, dans leur fuite, par deux piqueurs embusqués au sommet d'une colline, auprès d'un fragment d'architecture, et qui s'apprêtent à frapper le cerf aux abois : c'est l'épisode saisissant que le peintre a reproduit.

On remarque une amazone, montée sur une haquenée qu'elle a lancée au galop, et qu'accompagne un gentilhomme sur un cheval brun. Au revers de la colline, un valet de chasse sonne du cor.

A gauche, s'élève un château sur la plate-forme duquel on voit plusieurs personnages, entre autres un musicien jouant de la guitare.

Devant le château, se trouve une fontaine dans le goût mythologique avec la figure de Neptune.

Un ciel légèrement nuageux éclaire l'horizon que terminent des montagnes.

H. 54 cent. L. 70 cent. Toile.

---

24. LE MÊME.

PAYSAGE.

Au centre, s'élève un monticule surmonté d'arbres en partie dépouillés de leur feuillage. Au premier plan, à gauche, deux chevaux, l'un blanc, l'autre alezan. Une eau claire et limpide baigne la partie du paysage qui s'étend à droite. On remarque plus loin quelques figures.

A gauche, sur un chemin qui se prolonge derrière le monticule déjà indiqué, un âne s'obtine et refuse d'avancer, malgré les efforts d'un paysan qui le tire avec force, tandis qu'un autre paysan le frappe à coups redoublés. A quelque distance viennent un cavalier, son chien et des villageois. L'horizon, borné par des collines, est doucement éclairé par un ciel à demi nuageux.

H. 51 cent. L. 39 cent. Toile.

Collection Van Parys, Bruxelles, 1853, où ce tableau fut adjugé au prix de 6,600 francs.

25. WOUWERMAN (Philippe).

VUE PRISE AU BORD DE LA MER.

Auprès d'une habitation située sur un monticule, quelques personnes réunies en groupe fixent leur attention sur une barque de pêcheurs occupés à retirer leurs filets, jetés dans une mer tranquille, à la gauche du tableau.

Dans le fond, s'élèvent des rochers; et, au premier plan, on aperçoit auprès d'une auberge un cavalier sur sa monture; tandis qu'on apporte la ration à un autre cheval ayant une selle en velours rouge. '

Plusieurs personnages, entre autres un pêcheur stationnant sur la plage auprès de ses filets et de ses paniers de poissons, animent encore cette composition.

H. 45 cent. L. 56 cent. Bois.

Collection Van Saceghem, à Gand.

26.   **WYNANTS** (Jean).

Des terrains sablonneux, où croissent des plantes, forment le premier plan de ce tableau.

Sur un chemin, qui se prolonge au centre au milieu de grands arbres, on voit un chêne brisé par le vent. Plus loin, entre des massifs d'arbres, se trouve une ferme; et, à l'arrière-plan, la campagne est traversée par une rivière, derrière laquelle on aperçoit des habitations.

Un cavalier arrêté cause avec une femme et un homme assis au pied d'un tertre et accompagné de son chien. Ce tableau d'un effet piquant, traité avec finesse, doit encore une nouvelle animation à divers personnages ainsi qu'à quelques animaux, exécutés avec autant de soin que les accidents de terrain avec leurs divers plans bien caractérisés.

H. 50 cent. L. 64 cent. 1/2. Toile.

Collection Valentin Anddreas von Adnovics, à Vienne, 1856.

---

27.   **WOUWERMAN** (Jean).

Au centre d'un paysage coule une rivière, sur laquelle est jeté un pont en pierre qui s'élève à l'arrière-plan; on voit, à droite, un cavalier descendre de sa monture, et suivant un chemin qui aboutit au pont, vers lequel se dirige aussi un muletier avec une mule pesamment chargée.

Chaque côté du chemin, que domine un monticule boisé, est bordé d'arbres de haute futaie; à gauche, on remarque sur la rive deux arbres debout, l'un dépouillé de son feuillage, l'autre à demi-brisé par la violence d'un ouragan.

H. 58 cent. L. 74 cent. Bois.

28.   WEENIX (Jean).

PORTRAIT.

L'artiste a représenté le portrait d'un peintre vu de face et tenant un cahier d'études à la main. Au fond, un rideau relevé laisse voir l'atelier de l'artiste.

H. 27 cent. L. 22 cent. Bois.

---

29.   . CHARPENTIER.

INTÉRIEUR D'APPARTEMENT.

Jeune femme assise, occupée à faire la lecture; effet de lumière.

H. 40 cent. L. 32 cent. Toile ovale.

---

30.   LE MÊME.

LE LEVER.

Une jeune et jolie femme entr'ouvre les rideaux de son lit, dont elle s'apprête à descendre.

H. 40 cent. L. 32 cent. Toile ovale.

---

31.   VAN SPAENDONCK (Gérard).

BOUQUET DE FLEURS.

Dans un verre à côtes, sont groupées quelques fleurs, parmi lesquelles tranche une rose rouge.

H. 17 cent. L. 16 cent. 1/2. Bois.

32.   **LE MÊME.**

Sur une plinthe, on voit un verre contenant une fleur de grenadier.

II. 17 cent. L. 16 cent. 1/2. Bois.

LIVRES D'ART.

1. DESCAMPS. — LA VIE DES PEINTRES, 5 volumes, y compris
   LE VOYAGE PITTORESQUE. — (2 exemplaires.)

Catalogues avec prix de ventes.

2. Vente Saint-Victor. Paris, 1822.
3. Vente du chevalier Erard. Paris, 1831.
4. *Catalogue* du Palais de l'Élysée. Paris, 1837.
5. *Catalogue* Schamp-d'Aveschoot. Gand, 1840.
6. M. le comte Perregaux. 1841.
7. Cardinal Fesch; 2e et 3e partie. 1844.
8. Duval, de Genève. 1846.
9. M. Véron. 1858.
10. Deux exemplaires illustrés de la vente Patureau. 1857.
11. 132 *catalogues* avec prix de diverses ventes.
12. Plusieurs cadres anciens.